MON
PREMIER
LIVRE
DE
SAGESSE

© 2001, ALBIN MICHEL JEUNESSE
22, RUE HUYGHENS, 75014 PARIS
WWW.ALBIN-MICHEL.FR
LOI 49-956 DU 16 JUILLET 1949
SUR LES PUBLICATIONS
DESTINÉES À LA JEUNESSE
DÉPÔT LÉGAL : 2ᵉ SEMESTRE 2004
N° D'ÉDITION : 13687/4
ISBN : 978 2 226 11822 6
IMPRIMÉ EN ITALIE PAR DEAPRINTING
EN NOVEMBRE 2008
www.michelpiquemal.com

MON
PREMIER
LIVRE
DE

CITATIONS RECUEILLIES
PAR MICHEL PIQUEMAL
ILLUSTRATIONS DE
PHILIPPE LAGAUTRIÈRE

SAGESSE

ALBIN MICHEL

Préface

Depuis mon enfance, je collectionne les belles phrases comme d'autres collectionnent les timbres ou les papillons. Avec le sentiment qu'elles sont les pièces d'un puzzle qui, assemblé, contiendrait toute la sagesse du monde mais aussi toutes les réponses aux questions qu'il nous pose. D'où je viens ? Qui sommes-nous ? Qu'est-ce qu'aimer ? Pourquoi la mort ? Quel sens a la vie ?

Que serai-je plus tard ?... D'autres avant moi ont réfléchi. Des savants, des penseurs, des philosophes, des humoristes... en Chine, en Grèce, en Amérique ou en Patagonie ! Pourquoi me priver de leurs réponses, alors qu'elles sont là, à portée de mains ? ▄▄▄▄▄

▄▄▄▄▄▄ Au collège, j'ai tenu un journal intime et je n'ai cessé d'y copier, au gré de mes lectures, tout ce qui me semblait beau, fort, profond ou mystérieux. Dans mes devoirs d'étudiant, comme dans mes lettres d'amour, j'ai toujours cité ceux qui avaient tellement mieux exprimé mes pensées les plus intimes. Et je n'ai cessé de lire, de m'émerveiller et de recopier. Jusqu'à en faire un métier : anthologiste ! Jusqu'à me tisser tout un réseau d'amis avec qui échanger ces colliers somptueux de perles de mots. À chaque âge de la vie, ces phrases m'ont aidé à grandir. Et dans des circonstances exceptionnelles

– mariages, naissances, deuils, ou déprimes d'amis proches – elles ont été les messagères, la main qui se tend, rassure ou caresse. Certains auteurs sont ainsi devenus mes chouchous – Jules Renard, Walt Whitman, Marc Aurèle, Khalil Gibran ou Alain – parce qu'ils ont eu le génie d'exprimer en deux lignes ce qu'il nous faut des heures à expliquer. ▬▬▬▬
▬▬▬▬▬▬▬ Voilà pourquoi j'ai voulu ce livre, ce premier livre de sagesse qui s'adresse à tous. Car il n'est jamais trop tard pour commencer un herbier de bons mots et de belles phrases. Tout collection-neur rassemble patiemment ce qu'il juge être des richesses. Y a-t-il plus grand trésor que les pensées des hommes ? ▬▬▬▬▬▬▬▬

Michel Piquemal

Amitié

La seule manière d'avoir un ami c'est d'en être un.

Ralph Waldo Emerson,
philosophe américain,
1803-1882

Celui qui cherche un frère sans défaut reste sans frère.

Rumi, poète perse, 1207-1273

Amitié

Si tu rencontres ton ami monté sur un bâton, félicite-le pour son cheval.

Proverbe algérien

11

Amour

**Aimer,
ce n'est pas se regarder
l'un l'autre,
c'est regarder ensemble
dans la même direction.**

Antoine de Saint-Exupéry,
aviateur et écrivain français,
1900-1944

Un seul être vous manque, et tout est dépeuplé.

Alphonse de Lamartine,
poète et homme politique français,
1790-1869

Être heureux, rendre heureux, voilà le rythme de l'amour.

Sri Nisargadatta Maharaj

Amour

Si tu veux être aimé, aime !

Sénèque, homme politique,
philosophe et écrivain latin,
1er siècle de notre ère

**L'amour ne regarde pas avec les yeux,
mais avec l'âme.**

William Shakespeare,
poète dramatique anglais,
1564-1616

14

Amour

Je ne connais qu'un seul devoir, et c'est celui d'aimer.

Albert Camus,
écrivain et philosophe français,
1913-1960

Le jour où nous ne brûlerons pas d'amour, beaucoup d'autres mourront de froid.

François Mauriac,
écrivain et journaliste français,
1885-1970

15

Animaux

Tu as le droit de tuer un animal pour t'en nourrir, à condition que ta joie de le manger soit plus grande que la joie qu'il avait à vivre.

Précepte de l'Inde

Pas de bête qui n'ait un reflet d'infini.

Victor Hugo,
poète et écrivain français,
1802-1885

16

Quand un homme désire tuer un tigre,
il appelle cela sport ;
quand un tigre désire le tuer,
il appelle cela férocité.

**George Bernard Shaw,
écrivain irlandais,
1856-1950**

Apprendre

**Celui qui aime
à demander conseil
grandira.**

Proverbe chinois

**Si tu souhaites que je ne connaisse plus la faim,
au lieu de me donner du poisson, apprends-moi à pêcher.**

**Confucius,
lettré et philosophe chinois,
551-479 avt. notre ère**

Ce n'est pas suffisant
de savoir monter à cheval,
il faut aussi savoir tomber.

Proverbe d'Amérique latine

Qui fait ce que son père n'a pas fait
verra ce que son père n'a pas vu.

Proverbe touareg

L'argent
est un bon serviteur
et un mauvais maître.

**Alexandre Dumas fils,
homme de théâtre français,
1824-1895**

Si l'argent ne fait pas le bonheur... rendez-le.

Jules Renard, écrivain français, 1864-1910

20

J'ai servi la beauté. Y a-t-il au monde chose plus grande ?

Sapho, poétesse grecque,
VIIe et VIe siècle av. notre ère

**Viens-tu du ciel profond ou sors-tu de l'abîme,
Ô beauté ? ton regard infernal et divin
Verse confusément le bienfait et le crime.**

**Charles Baudelaire,
poète français, 1821-1867**

Bonheur

Il faut toujours se dire :
"Ce n'est point parce que
j'ai réussi que je suis content;
mais c'est parce que
j'étais content que j'ai réussi."

**Alain, philosophe français,
1868-1952**

Il ne faut pas de tout pour faire un monde.
Il faut du bonheur et rien d'autre.

Paul Éluard,
poète français,
1895-1952

Bonheur

L'homme, on a dit qu'il était fait
de cellules et de sang.
Mais en réalité, il est comme un feuillage.
Il faut que le vent passe pour que ça chante.

Jean Giono,
écrivain français,
1895-1970

Bonheur

L'homme le plus heureux
est celui qui fait le bonheur
d'un plus grand nombre d'autres.

Denis Diderot,
écrivain et philosophe français,
1713-1784

**J'ai décidé d'être heureux
parce que c'est bon pour la santé.**

Voltaire, écrivain français, 1694-1778

24

Les gens heureux n'ont pas besoin de se presser.

Proverbe chinois

Bon sens

Ne tenez pas
la queue du léopard,
mais si vous la tenez,
ne la lâchez pas !

Proverbe
éthiopien

**Qui a été mordu par un serpent
a peur d'un bout de ficelle.**

Proverbe persan

Attends d'avoir traversé la rivière
pour dire au crocodile
qu'il a une bosse sur le nez.

Proverbe ghanéen

27

chagrin

Le chagrin est comme le riz dans le grenier :
chaque jour il diminue un peu.

Proverbe malgache

28

Pour l'homme courageux,
chance et malchance
sont comme sa main gauche
et sa main droite. Il tire parti
de l'une et de l'autre.

Catherine de Sienne
1347-1380

**Jette le chanceux dans la rivière,
il en ressortira avec un poisson
dans la bouche.**

Proverbe arabe

Quand l'argent tombe du ciel,
le malchanceux n'a pas de sac.

Proverbe russe

Courage

Qui osera dire au lion :
« ta bouche sent mauvais » ?

Proverbe berbère

Le courage, c'est l'art d'avoir peur
sans que cela paraisse.

Pierre Véron

Mieux vaut vivre un jour comme un lion que cent ans comme un mouton.

Proverbe italien

Danse

Chaque jour il faut danser,
fût-ce seulement par la pensée.

Nahman de Braslav,
philosophe et mystique juif,
1772-1810

La danse est une cage
où l'on apprend l'oiseau.

Claude Nougaro,
chanteur et poète français,
né en 1929

Dieu

Dieu n'a fait qu'ébaucher l'homme ;
c'est sur terre que chacun se crée.

Proverbe africain

**Si les triangles faisaient un dieu,
ils lui donneraient trois côtés.**

Montesquieu, moraliste, penseur
et philosophe français, 1689-1755

34

Dieu

On peut trouver Dieu
même dans une ortie.

Proverbe japonais

L'univers m'embarrasse
et je ne puis songer
Que cette horloge existe
et n'ait point d'horloger.

Voltaire, écrivain français, 1694-1778

Dieu est le seul être qui, pour régner,
n'ait même pas besoin d'exister.

Charles Baudelaire,
poète français, 1821-1867

Donner

Ta vie est ce que tu as donné.

Georges Seferis, poète grec, 1900-1971

Si tu as de nombreuses richesses,
donne de ton bien ;
si tu en as peu, donne de ton cœur.

Proverbe berbère

Tout ce qui n'est pas donné est perdu.

Proverbe de l'Inde

La chute n'est pas un échec,
l'échec est de rester là où on est tombé.

Socrate, philosophe grec, vers 470-399 avt. notre ère

Ennui

**Je ne m'embête nulle part, car je trouve que,
de s'embêter, c'est s'insulter soi-même.**

Jules Renard, écrivain français, 1864-1910

Enthousiasme

Rien de grand n'a jamais pu
être réalisé sans enthousiasme.

Ralph Waldo Emerson, philosophe américain, 1803-1882

J'aime celui
qui rêve l'impossible.

**Johann Wolfgang von Goethe,
écrivain et poète allemand, 1749-1832**

L'homme meurt une première fois
à l'âge où il perd l'enthousiasme.

Honoré de Balzac, écrivain français, 1799-1850

Espoir

On m'avait dit :
« tu n'es que cendres et poussières. »
On avait oublié de me dire
qu'il s'agissait de poussières d'étoiles.

Anonyme

**On n'est pas orphelin
d'avoir perdu père et mère,
mais d'avoir perdu l'espoir.**

Proverbe africain

Où il y a de la vie,
il y a de l'espoir.

Miguel de Cervantes, écrivain espagnol, 1547-1616

Je crois au soleil même quand il ne brille pas.

Graffiti d'une victime de la Shoah

Femme

L'avenir de l'homme est la femme.

Louis Aragon, écrivain
et poète français, 1897-1982

La moitié des hommes
sont des femmes.

Slogan féministe

Si l'égalité entre les hommes
et les femmes était reconnue,
ce serait une fameuse brèche
dans la bêtise humaine.

Louise Michel, révolutionnaire
anarchiste française, 1830-1905

On ne naît pas femme,
on le devient.

Simone de Beauvoir,
écrivain français, 1908-1986

**Partout où l'homme a dégradé la femme,
il s'est dégradé lui-même.**

Charles Fourier, philosophe et économiste français, 1772-1837

43

Fraternité

Mon bonheur est d'augmenter
celui des autres.
J'ai besoin du bonheur
de tous pour être heureux.

André Gide,
écrivain français,
1869-1951

**Si tu diffères de moi, frère,
loin de me léser, tu m'enrichis.**

**Antoine de Saint-Exupéry, aviateur
et écrivain français, 1900-1944**

Fraternité

**Je n'ai pas pour patrie
une ville unique, un toit unique.
L'univers entier est ma ville,
ma maison...**

**Cratès, poète comique
athénien, Vᵉ siècle avt. notre ère**

Chacun est l'ombre de tous.

Paul Éluard, poète français, 1895-1952

Grandir

**Dire que, quand nous serons grands,
nous serons peut-être aussi bêtes qu'eux !**

Louis Pergaud,
écrivain français,
1882-1915

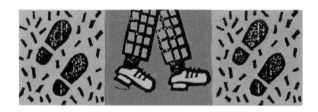

Celui qui marche dans les pas d'autrui
ne le dépassera jamais.
Celui qui marche dans les pas d'autrui
ne laisse pas ses propres traces.

Proverbe chinois

Grandir

Il faut trembler pour grandir.

René Char,
poète français,
1907-1988

47

Guerre

Quand les riches se font la guerre,
ce sont les pauvres qui meurent.

Jean-Paul Sartre, philosophe et écrivain français, 1905-1980

Un soldat est un esclave en uniforme.

Juan Donoso-Cortes, diplomate
espagnol, 1809-1853

Je méprise profondément
ceux qui aiment marcher en rangs
sur une musique : ce ne peut être
que par erreur qu'ils ont reçu
un cerveau ; une moelle épinière
leur suffirait amplement.

Albert Einstein, physicien américain
d'origine allemande, 1879-1955

48

Je n'appelle pas héros ceux qui ont triomphé
par la pensée ou la force. J'appelle héros, seuls,
ceux qui furent grands par le cœur.

**Romain Rolland,
écrivain français,
1866-1944**

Un héros est celui
qui fait ce qu'il peut.

Romain Rolland, écrivain français, 1866-1944

Deviendrai-je le héros de ma vie
ou cette place sera-t-elle occupée
par quelqu'un d'autre ?

Charles Dickens, écrivain anglais, 1812-1870

Humain

La terre n'appartient pas à l'homme,
c'est l'homme qui appartient à la terre.
Ce n'est pas l'homme qui a tissé
la trame de la vie, il n'est qu'un fil et tout
ce qu'il fait à la trame il le fait à lui-même.

**Chef Seattle
des Dwamish, États-Unis,
discours de 1854**

Que l'on s'efforce d'être pleinement humain
et il n'y aura plus de place pour le mal.

Confucius, philosophe chinois,
vers 551-479 avt. notre ère

Aucun homme n'a reçu de la nature
le droit de commander les autres.

Denis Diderot, écrivain
et philosophe français,
1713-1784

Il n'y a pas de gloire
à être français.
Il n'y a qu'une seule gloire :
c'est d'être vivant...

Jean Giono,
écrivain français,
1895-1970

L'homme est de la terre en marche.

Proverbe quechua

Quel beau métier que d'être
un homme sur la terre !

Maxime Gorki,
écrivain russe,
1868-1936

51

Humour

Tout a une fin, sauf la banane, qui en a deux.

Proverbe africain

**Bien que je ne croie pas
à une vie future,
j'emporterai quand même
des sous-vêtements
de rechange.**

**Woody Allen, cinéaste américain,
né en 1935**

Ne blâme pas Dieu
d'avoir créé le tigre,
mais remercie-le
de ne pas lui avoir
donné des ailes.

Proverbe de l'Inde

53

Idéal

Si l'on m'apprenait
que la fin du monde
est pour demain,
je planterais quand
même un pommier.

**Martin Luther, théologien
réformateur allemand,
1483-1546**

À l'impossible je suis tenu.

Jean Cocteau, écrivain français, 1889-1963

Ceux qui vivent,
ce sont ceux qui luttent.

Victor Hugo, écrivain
et poète français, 1802-1885

Attachez votre char à une étoile !

**Ralph Waldo Emerson,
philosophe américain,
1803-1882**

Celui qui n'ose pas regarder
le soleil en face
ne sera jamais une étoile.

**William Blake, poète et peintre anglais,
1757-1827**

55

Si le juge était juste, peut-être le criminel ne serait pas coupable.

**Fiodor Dostoïevski,
écrivain russe, 1821-1881**

Si un homme a beaucoup plus qu'il ne faut, c'est que d'autres manquent du nécessaire.

Léon Tolstoï, écrivain russe, 1828-1910

Selon que vous serez puissant ou misérable
Les jugements de cour vous feront blanc ou noir.

Jean de La Fontaine, poète français, 1621-1695

Les lois sont des toiles d'araignées
à travers lesquelles passent les grosses
mouches et où restent les petites.

Honoré de Balzac,
écrivain français, 1799-1850

jalousie

Pourquoi voyez-vous une paille
dans l'œil de votre frère,
tandis que vous ne voyez pas
la poutre qui est dans votre œil?

La Bible

Deux moineaux sur un seul épi ne font pas bon ménage.

Proverbe

L'envie, c'est comme un grain de sable dans l'œil.

Proverbe arabe

Il vaut mieux hasarder de sauver un coupable que de condamner un innocent.

Voltaire, écrivain français, 1694-1778

justice

La justice est le droit du plus faible.

**Joseph Joubert,
moraliste français,
1754-1824**

Ne vaut-il pas mieux corriger,
retrouver et redresser un être humain
que de lui couper la tête ?

Fiodor Dostoïevski, écrivain russe, 1821-1881

60

Qui n'a point de loi vit en bête brute...

Molière, auteur dramatique français, 1622-1673

Liberté

**À tous les repas pris en commun,
nous invitons la liberté à s'asseoir.
La place demeure vide mais le couvert est mis.**

René Char, poète français, 1907-1988

Ne faites jamais rien contre votre conscience,
même si l'État vous le demande.

Albert Einstein, physicien américain,
d'origine allemande, 1879-1955

La liberté est le droit de faire
tout ce que les lois permettent.

Montesquieu,
philosophe et moraliste
français, 1689-1755

**On rencontre beaucoup d'hommes
parlant de liberté, mais on en voit très peu
dont la vie n'ait pas été principalement
consacrée à se forger des chaînes.**

Gustave Le Bon, médecin et sociologue français, 1841-1931

63

Lire

**Quand je pense à tous les livres
qu'il me reste encore à lire…
j'ai la certitude d'être encore heureux.**

Jules Renard,
écrivain français,
1864-1910

Il est bon de lire entre les lignes,
cela fatigue moins les yeux.

Sacha Guitry, auteur dramatique français, 1885-1957

Je n'ai jamais eu de chagrin
qu'une heure de lecture n'ait dissipé.

**Montesquieu,
philosophe et moraliste
français, 1689-1755**

Le verbe lire ne supporte pas l'impératif !

Daniel Pennac, écrivain français, né en 1944

**Un beau livre, c'est celui
qui sème à foison
les points d'interrogation.**

**Jean Cocteau, écrivain français,
1889-1963**

J'ai été élevé par une bibliothèque.
Chacune de nos lectures
laisse une graine qui germe.

Jules Renard, écrivain français, 1864-1910

Malheur

Le malheur est grand,
mais l'homme est plus grand
que le malheur.

Rabindranath Tagore, poète de l'Inde, 1861-1941

Le malheur peut être
un pont vers le bonheur.

Proverbe japonais

Un mensonge en entraîne toujours un autre.

Térence, poète comique latin,
190-159 avt. notre ère

La punition du menteur, c'est qu'il n'est pas cru quand il dit la vérité.

Talmud de Babylone

Mère

Quand l'enfant quitte la maison,
il emporte la main de sa mère.

Proverbe chinois

Dieu ne pouvait pas être partout...
Aussi créa-t-il les mères.

Proverbe juif

À quoi servent mes poèmes
si ma mère ne sait les lire.

Rachid Boudjedra, écrivain algérien, né en 1941

Aujourd'hui, on n'a plus le droit,
ni d'avoir faim ni d'avoir froid.
Dépassé, le chacun pour soi,
je pense à toi, je pense à moi.

Coluche, artiste de variété
et acteur français, 1944-1986

La moitié de l'humanité ne mange pas : et l'autre moitié ne dort pas de peur de celle qui ne mange pas.

Josué de Castro, économiste brésilien président
de l'Association mondiale contre la faim, 1908-1973

Là où est la musique,
il n'y a pas de place pour le mal.

Miguel de Cervantes, écrivain espagnol,
1547-1616

La musique, c'est du bruit qui pense.

Victor Hugo, écrivain
et poète français, 1802-1885

La musique crève le ciel.

**Charles Baudelaire,
poète français, 1821-1867**

Sans la musique,
la vie serait une erreur.

Friedrich Nietzsche,
philosophe allemand,
1844-1900

71

**Une mauvaise herbe est une plante
dont on n'a pas encore trouvé les vertus.**

Ralph Waldo Emerson,
philosophe américain,
1803-1882

Vous aimez la liberté ?
Elle habite la campagne.

Andres Bello, poète et philosophe vénézuélien, 1781-1865

Si vous voulez apprivoiser la nature,
il ne faut pas faire de bruit.

**Paul Claudel, écrivain
et diplomate français, 1868-1955**

La rose n'a d'épines
que pour qui veut la cueillir.

Proverbe chinois

**Je ne puis regarder une feuille d'arbre
sans être écrasé par l'univers.**

Victor Hugo, écrivain
et poète français, 1802-1885

L'air est précieux à l'homme rouge
car toutes choses partagent
le même souffle : la bête, l'arbre, l'homme.

Chef Seattle des Dwamish, États-Unis, discours de 1854

L'homme regarde la fleur, la fleur sourit.

Koan Zen

On ne triomphe de la nature qu'en lui obéissant.

Francis Bacon, homme d'État
et philosophe anglais, 1561-1626

Non

Penser c'est dire non.

Alain, écrivain
et philosophe français,
1868-1951

**Cent "non" font moins de mal
qu'un "oui" jamais tenu.**

Proverbe chinois

76

Un bien n'est agréable que si on le partage.

Sénèque, homme politique, philosophe et écrivain latin,
1er siècle de notre ère

Ne mange pas ton pain seul si quelqu'un se trouve près de toi.

Scribe anonyme de l'Égypte ancienne

Père

À quoi sert la vie si les enfants
n'en font pas plus que leurs pères ?

Gustave Courbet,
peintre français,
1819-1877

Tout le monde n'a pas la chance d'être orphelin.

**Jules Renard,
écrivain français,
1864-1910**

Tu as eu un père,
puisse ton fils
en dire autant.

William Shakespeare, poète
et auteur dramatique
anglais, 1564-1616

78

Celui qui fuit devant la peur
tombe dans la fosse.

La Bible, Jérémie, XLVIII

Ce n'est pas la violence, mais la faiblesse seulement qui me fait avoir peur.

Karl Kraus,
écrivain autrichien,
1874-1936

La peur est creuse
en son centre
et il n'y a rien autour.

Dicton serbe

Poésie

Le poète doit être un professeur d'espérance,
nos pieds veulent marcher dans l'herbe fraîche,
nos jambes veulent courir après les cerfs
et serrer le ventre des chevaux.

Jean Giono, écrivain français, 1895-1970

L'art ne fait que des vers, le cœur seul est poète.

**André de Chénier,
poète français, 1762-1794**

Il est aussi difficile
à un poète de parler poésie
qu'à une plante
de parler horticulture.

Jean Cocteau, écrivain français, 1889-1963

Politesse

La politesse est à l'esprit ce que la grâce est au visage.

Voltaire, écrivain français, 1694-1778

La politesse est une monnaie
qui enrichit non point
celui qui la reçoit, mais celui
qui la dépense.

Proverbe persan

Le racisme et la haine ne sont pas
inscrits dans les péchés capitaux.
Ce sont pourtant les pires.

Jacques Prévert, poète français, 1900-1977

L'étranger te permet d'être toi-même,
en faisant, de toi, un étranger.

**Edmond Jabès, écrivain juif égyptien
d'expression française, 1912-1991**

**Ton Christ est juif
ta voiture est japonaise
ton couscous est algérien
ta démocratie est grecque
ton café est brésilien
Et tu reproches à ton voisin
d'être un étranger.**

**Anonyme chanté
par le poète belge
Julos Beaucarne**

Un homme blanc,
un homme noir,
un homme jaune :
toutes les larmes
sont salées.

Claude Aveline, écrivain français
d'origine russe, 1901-1993

Rêves

Nous sommes tissés de l'étoffe
dont sont faits les rêves.

William Shakespeare, poète
et auteur dramatique anglais, 1564-1616

Une nuit, je rêvais que j'étais un papillon
puis je m'éveillai étant Tchouang-Tcheou.
Mais suis-je bien Tchouang-Tcheou
qui se souvient d'avoir rêvé… Ou suis-je
un papillon qui rêve maintenant
qu'il est le philosophe Tchouang-Tcheou ?

Tchouang-Tcheou,
philosophe taoïste,
fin du IVe siècle avt. notre ère

Richesse

Chaumière où l'on rit vaut mieux que palais où l'on pleure.

Proverbe chinois

Ne possédant rien
Comme mon cœur est léger
Comme l'air est frais.

Issa Kobayashi, peintre
et poète japonais, 1763-1827

**Si les riches pouvaient payer
les pauvres pour mourir à leur place,
les pauvres gagneraient bien leur vie.**

Proverbe yiddish

Le rire est le propre de l'homme.

François Rabelais, écrivain français, 1494-1533

Je me presse de rire de tout de peur d'être obligé d'en pleurer.

Pierre de Beaumarchais, écrivain
et auteur dramatique français, 1732-1799

Le bonheur va vers ceux qui savent rire.

Proverbe japonais

Sagesse

Je hais le sage qui n'est pas sage pour lui-même.

Euripide, poète tragique grec, 480-406 avt. notre ère

Ne coupe pas l'arbre qui te donne de l'ombre.

Proverbe arabe

Le sage montre le ciel, l'imbécile regarde le doigt.

Proverbe chinois

Le sage est celui qui s'étonne de tout.

André Gide, écrivain français, 1869-1951

Sagesse

Il faut manger pour vivre
et non pas vivre pour manger.

Socrate, philosophe grec, vers 470-399 avt. notre ère

Celui qui est maître de lui-même est plus grand
que celui qui est maître du monde.

Le Bouddha, philosophe fondateur du bouddhisme,
536-480 avt. notre ère

Si tu n'es pas toi-même,
qui pourrait l'être à ta place ?

Henry David Thoreau, philosophe et poète américain, 1817-1862

**Les paroles sages sont comme
du sucre de canne qu'on suce :
la saveur ne peut en être épuisée.**

Proverbe malgache

95

La santé se mesure à l'amour du matin et du printemps.

Henry David Thoreau, essayiste et poète américain, 1817-1862

On a beau avoir une santé de fer, on finit toujours par rouiller.

Jacques Prévert, poète français, 1900-1977

Le savant n'est pas l'homme qui fournit les réponses ;
c'est celui qui pose les vraies questions.

Claude Lévi-Strauss, ethnologue français, né en 1908

Science

Science sans conscience
n'est que ruine de l'âme.

François Rabelais, écrivain français, 1494-1533

La science n'a pas de patrie ;
je ne te demande pas
quelle est ta patrie, mais quelle
est ta souffrance.

Louis Pasteur, chimiste
et biologiste français,
1822-1895

La science a fait de nous des dieux avant même que nous méritions d'être des hommes.

Jean Rostand, biologiste
et écrivain français, 1894-1977

silence

La nature nous a donné deux oreilles et seulement une langue afin que nous puissions écouter deux fois plus que nous ne parlons.

Proverbe grec

Un silence peut parfois être le plus cruel des mensonges.

**Robert Louis Stevenson,
poète et romancier écossais,
1850-1894**

Dans le silence et la solitude,
on n'entend plus que l'essentiel.

Camille Belguise

solidarité

Es-tu triste ?
Cherche autour de toi
un service à rendre,
une peine à consoler…

Jacques Cœur, homme d'affaires français, 1395-1456

**Les mains qui aident sont plus sacrées
que les lèvres qui prient.**

Sathya Saï Baba

Un cœur n'est juste
que s'il bat au rythme
des autres cœurs.

Paul Éluard, poète français, 1895-1952

Solitude

Une seule chose est nécessaire :
la solitude.
La grande solitude intérieure.
Aller en soi-même et ne rencontrer
personne durant des heures,
c'est à cela qu'il faut parvenir.
Être seul, comme l'enfant est seul...

Rainer Maria Rilke,
écrivain autrichien,
1875-1926

Les gens se sentent seuls
parce qu'ils construisent des murs
plutôt que des ponts.

Kathleen Norris

Sourire trois fois tous les jours
rend inutile tout médicament.

Proverbe chinois

Terre

La terre est bleue comme une orange.

**Paul Éluard,
poète français,
1895-1952**

Nous rendons grâce à notre Mère, la terre, qui nous soutient. Nous rendons grâce aux rivières et aux ruisseaux…

Prière iroquoise

La terre est une mère qui ne meurt jamais.

Proverbe maori

Tolérance

Je ne suis pas d'accord
avec ce que vous dites
mais je me battrai jusqu'au bout
pour que vous puissiez le dire.

Voltaire, écrivain français, 1694-1778

Ceux qui brûlent des livres
finissent tôt ou tard
par brûler des hommes.

Heinrich Heine, poète lyrique
allemand, 1797-1856

Tolérance

Avant de juger son frère,
il faut avoir marché plusieurs lunes
dans ses mocassins.

Proverbe amérindien (Lakota)

Si tu veux comprendre
une fourmi sous ton talon,
eh bien imagine-toi
sous la patte d'un éléphant.

Saadi,
poète persan,
vers 1200-1291

109

Travail

**À force de tomber,
une goutte d'eau
creuse le roc.**

Théocrite,
poète grec, 310-250
avt. notre ère

Ce n'est pas parce que c'est difficile
que nous n'osons pas,
c'est parce que nous n'osons pas
que c'est difficile.

Sénèque, homme politique, philosophe
et écrivain latin, 1er siècle de notre ère.

**L'homme n'est pas fait pour travailler,
et la preuve, c'est que cela le fatigue.**

Tristan Bernard, romancier
et auteur dramatique français, 1866-1947

La figue ne tombe jamais
en plein dans la bouche.

Proverbe kabyle

Ne craignez pas d'être lent, craignez seulement d'être à l'arrêt.

Proverbe chinois

Tristesse

On ne peut empêcher les oiseaux noirs
de voler au-dessus de nos têtes...
mais on peut les empêcher d'y faire leur nid.

Proverbe chinois

La tristesse est un mur
élevé entre deux jardins.

**Khalil Gibran,
poète et écrivain libanais,
1883-1931**

Prenez garde à la tristesse.
C'est un vice.

Gustave Flaubert, écrivain français, 1821-1880

Le sang ne se lave pas
avec du sang
mais avec de l'eau.

Proverbe turc

Il n'y a pas de plus belle vengeance
que le pardon.

Anonyme

vérité

Les vraies vérités sont celles qu'on peut inventer.

Karl Kraus, écrivain autrichien, 1874-1936

Si vous fermez la porte à toutes les erreurs, la vérité restera dehors.

Rabindranath Tagore,
poète de l'Inde, 1861-1941

Aime la vérité mais pardonne à l'erreur.

Voltaire, écrivain français, 1694-1778

Les humains disent que le temps passe.
Le Temps dit que les humains passent.

Proverbe sanscrit

La vie est à monter
et non pas à descendre.

Émile Verhaeren, poète belge, 1855-1916

vieillesse

**Les vieillards ont droit au respect.
Ils n'ont pas droit au commandement.**

Charles Péguy,
écrivain français,
1873-1914

Un vieillard qui meurt,
c'est une bibliothèque qui brûle.

Proverbe africain

116

**Quand je cesserai
de m'indigner,
j'aurai commencé
ma vieillesse.**

**André Gide,
écrivain français,
1869-1951**

Les années rident la peau :
renoncer à son idéal ride l'âme.

Douglas MacArthur,
général américain,
1880-1964

Ce n'est pas parce que je suis un vieux pommier
que je donne de vieilles pommes.

Félix Leclerc, chanteur
et poète québécois, 1914-1988

Violence

La tendresse est plus forte que la dureté,
l'eau est plus forte que le rocher,
l'amour est plus fort que la violence.

Hermann Hesse, écrivain allemand, 1877-1962

**S'il fallait absolument faire un choix
entre la violence et la lâcheté,
je conseillerais la violence (…)
Mais je crois que la non-violence
est infiniment supérieure à la violence.**

**Gandhi, philosophe et homme
politique indien, 1869-1948**

118

Violence

Rendre coup pour coup, c'est propager la violence, rendre plus sombre encore une nuit sans étoiles.

Martin Luther King, pasteur
Baptiste américain, 1929-1968

La violence et la force
ne construisent jamais.

Jean Giono, écrivain français, 1895-1970

Le parfait voyageur ne sait où il va.

Lie-Tseu, philosophe chinois, IIIe siècle avt. notre ère

Si tu n'as pas étudié, voyage !

Proverbe africain

Le soleil n'est jamais si beau qu'un jour où l'on se met en route.

Jean Giono, écrivain français, 1895-1970

voyage

Index

Index

Index

Index

Index

Index